AF463971

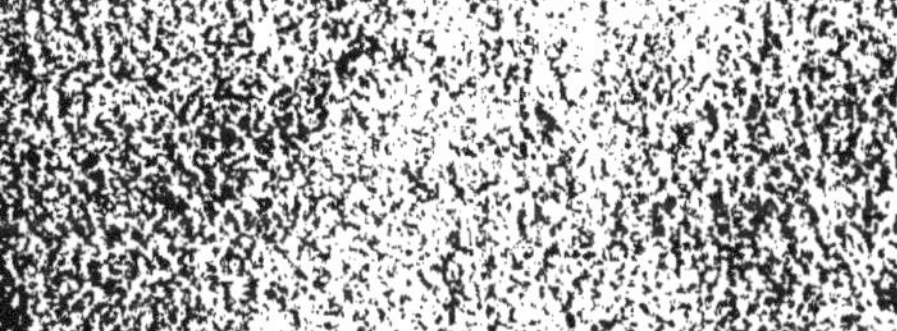

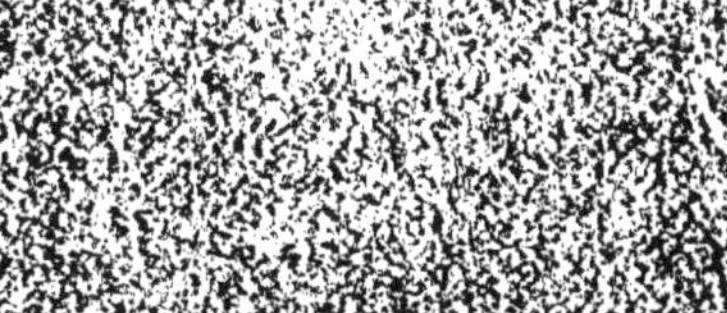

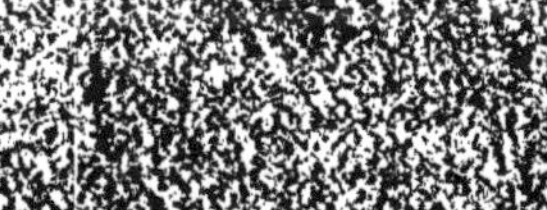

MÉMOIRE

SUR CES DEUX QUESTIONS:

POURQUOI NE PEUT-ON FAIRE DES VERS FRANÇAIS SANS RIMES?

QUELLES SONT LES DIFFICULTÉS QUI S'OPPOSENT A L'INTRODUCTION DU RHYTHME DES ANCIENS DANS LA POÉSIE FRANÇAISE?

Ouvrage qui a obtenu une mention honorable à la seconde classe de l'Institut, le 5 avril 1815.

PAR J.-B. MABLIN,

Ancien maître de conférences à l'École normale, secrétaire de M. le chancelier de l'Université impériale.

Nam veneres habet et charites vox undique vestra;
Sed veneres alias, atque alias charites.
THOM. VALPERGAE CALUSII *Latina carmina.*

A PARIS,

Chez DEBRAY, libraire, rue Saint-Nicaise, n°. 1er.

PROGRAMME.

Quelles sont les difficultés réelles qui s'opposent à l'introduction du rhythme des Grecs et des Latins dans la poésie française ? Pourquoi ne peut-on faire des vers français sans rimes ?

Supposé que le défaut de fixité de la prosodie française soit une des raisons principales, est-ce un obstacle invincible ? et comment peut-on parvenir à établir à cet égard des principes sûrs, clairs et faciles ?

Quelles sont les tentatives, les recherches et les ouvrages remarquables qu'on a faits jusqu'ici sur cet objet ? En donner l'analyse ; faire voir jusqu'à quel point on est avancé dans cet examen intéressant. Par quelle raison, enfin, si la réussite est impossible, les autres langues modernes y sont-elles parvenues ?

MÉMOIRE.

Quelles sont les difficultés qui s'opposent à l'introduction du rhythme des anciens dans la poésie française? — Pourquoi ne peut-on faire des vers français sans rimes?

L'ORDRE dans lequel ces deux questions principales sont présentées, me porte à croire que l'auteur du programme a regardé la seconde de ces deux questions comme essentiellement liée à la première, et qu'il pense, avec plusieurs critiques distingués, que si la poésie française ne saurait se passer de rimes, c'est parce que le système de versification qu'elle a adopté n'est pas fondé, comme celui des anciens, sur la quantité des syllabes: dans cette supposition, la solution de la première question renfermerait la solution de la seconde; et la réponse qu'on aurait à donner à celle-ci ne pourrait être qu'un développement de celle qu'on aurait donnée à la première. Mais si dans le Mémoire que j'ose soumettre à la Classe j'établis un principe contraire, si je tâche d'y démontrer que tel système de versification peut être fondé sur la prosodie, et avoir en même temps besoin de la rime, tandis que tel autre peut s'en passer, sans être fondé sur la prosodie, il est évident qu'au lieu d'une, je me trouve avoir deux questions à résoudre; que la solution de l'une ne saurait en aucune manière être contenue dans la solution de l'autre; et qu'après avoir examiné les difficultés qui s'opposent à l'introduction du rhythme des anciens dans la poésie française, il me restera toujours à rechercher la raison qui rend la rime essentielle aux vers français. Ces deux questions se trouvant ainsi, d'après ma manière de voir, absolument indépendantes l'une de l'autre, il doit m'être libre de commencer par celle que je jugerai à propos; et toute raison de suivre la marche indiquée par le programme, cesse entièrement: je crois même en suivre mieux l'esprit en renversant l'ordre de ces deux questions, puisque ce changement est une suite et fait en quelque sorte partie de la solution que je propose.

Je commencerai donc par rechercher la raison qui rend la rime indispensablement nécessaire aux vers français; problème d'autant plus intéressant pour les Français, que ce besoin de la rime n'appartient qu'à leur poésie: j'examinerai en second lieu quels sont les obstacles qui s'opposent invinciblement à l'introduction du rhythme ou du système de versification des anciens dans la poésie française; question plus générale et plus importante, puisque, d'un côté, elle se rattache au système de versification des langues anciennes, et que, de l'autre, elle embrasse, avec la langue française, toutes les langues vivantes de l'Europe.

Pourquoi ne peut-on faire des vers français sans rimes? « Pour nous autres, dit Voltaire (1), » qui ne pouvons avoir la mélodie grecque et » latine, nous sommes obligés de rimer. Les » vers blancs, chez tous les peuples modernes, » ne sont que de la prose sans aucune me- » sure; elle n'est distinguée de la prose ordi- » naire que par un certain nombre de syllabes » égales et monotones qu'on est convenu d'ap- » peler vers ». Malgré tout mon respect pour le grand nom de Voltaire, et pour les critiques qui, avant et après cet écrivain, ont attribué à la même cause le besoin de la rime dans les vers français, je ne crains pas de dire avec cette confiance qu'inspire la conviction, que pour réfuter une pareille assertion on n'est embarrassé que dans le choix des preuves. L'examen approfondi que je ferai de la prosodie des anciens, dans la seconde partie de ce Mémoire,

---

(1) Dictionnaire philosophique, article *rime*.

me fournira à ce sujet une démonstration rigoureuse : je me bornerai ici à une preuve de fait très-péremptoire. On fait des vers blancs dans toutes les langues modernes : ces vers, loin de n'être que *de la prose sans aucune mesure*, sont aussi nombreux, aussi soutenus, aussi agréables à l'oreille que les vers rimés : les vers de Shakespeare et de Milton valent sans contredit ceux de Pope; les vers d'Annibal Caro (1), de Cesarotti (2), de M. le chevalier Monti (2), à ne les considérer que sous le rapport du mécanisme, sont, à très-peu de chose près, égaux en mérite à ceux de l'Arioste et du Tasse : on doit porter le même jugement des vers blancs espagnols, portugais, allemands. Or, dans aucune de ces langues, le système de versification n'est fondé sur la longueur et la brièveté des syllabes; toutes ces langues sont, à cet égard, exactement dans le cas de la langue française : il est donc démontré que ce n'est point à l'absence du rhythme des anciens qu'il faut attribuer le besoin de la rime dans les vers français, puisque les autres langues, qui en sont privées comme la française, peuvent se passer de la rime.

---

(1) Traducteur italien de l'Énéide.

(2) Traducteur italien de l'Iliade.

Nous nous serions crus dispensés de prouver que la versification des langues modernes n'est point fondée sur la quantité, si l'auteur du programme ne supposait positivement le contraire, en demandant *par quelle raison les autres langues modernes sont parvenues à introduire dans leur poésie le rhythme des Grecs et des Latins*. Forcés, comme nous le sommes, de combattre ici son opinion, nous le faisons sans crainte de lui déplaire : si nous allions sacrifier à une fausse politesse les intérêts de ce que nous regardons comme la vérité, nous craindrions alors de déplaire à l'homme libéral qui a donné une preuve non équivoque de son amour pour elle.

Les langues modernes n'ont point introduit dans leur poésie le rhythme des anciens : ce n'est point sur la quantité qu'est fondé le système de versification de ces langues, mais sur l'accent (1). Que faut-il faire pour avoir des vers grecs ou latins? Il faut arranger un certain nombre de longues et de brèves dans un ordre

---

(1) Les modernes ont souvent confondu l'accent avec la quantité; mais les anciens les ont constamment distingués : et c'est surtout lorsqu'on veut comparer les vers modernes aux vers anciens, qu'il est important de faire la même distinction.

donné, sans avoir égard à l'accent. Les pieds, qui sont les élémens de ces vers, de quoi se composent-ils? de longues et de brèves : l'accent n'entre pour rien dans leur composition. Ces trois dactyles, ἔννεπε, παρθένος, εὑρετός, diffèrent tous entre eux par la position de l'accent, et ce n'en sont pas moins trois dactyles. Ces deux mots, πάντων, πασῶν, forment deux spondées; l'un a cependant l'accent sur la première syllabe, et l'autre sur la dernière. Ce que je viens de dire des dactyles et des spondées, s'applique naturellement aux vers dactyliques, dont ces sortes de pieds sont les élémens : en effet, dans cet hexamètre,

Ἀλγήσας δ', ἀχρεῖον ἰδὼν, ἀπομόρξατο δάκρυ.
(Iliad. B, 269.)

aucune syllabe brève n'a l'accent, et toutes celles qui l'ont sont longues : dans celui-ci,

Ἀλλά τέ μιν καθύπερθεν ἐπιῤῥέει, ἠΰτ' ἔλαιον.
(Iliad. B, 754.)

aucune syllabe longue n'a l'accent, et toutes celles qui l'ont sont brèves. La position de l'accent est tout aussi indifférente dans les trochées, les iambes, les anapestes, etc., et par conséquent dans les vers trochaïques, iambiques, anapestiques, etc., qui se composent de ces sortes de pieds.

En un mot, car c'est trop s'arrêter sur un objet qui ne saurait être douteux que pour celui qui n'aurait aucune connaissance de l'antiquité, le système métrique des Grecs, et par conséquent celui des Romains, qui n'en est qu'une contre-épreuve, a pour unique base la quantité; l'accent est un élément qui y est tout-à-fait étranger.

Voyons maintenant s'il en sera de même de la versification des langues modernes; il en est précisément le contraire. L'accent *y* fait tout; la quantité n'y entre pour rien. Que faut-il faire pour avoir un vers italien, espagnol, anglais, etc.? On n'a qu'à rassembler un nombre déterminé de syllabes, longues ou brèves n'importe, pourvu que l'accent se trouve sur les syllabes qui doivent l'avoir d'après les règles de la versification de ces langues. Je prendrai d'abord mes exemples dans la langue étrangère la plus généralement connue en France : les syllabes qui composent cet hendécasyllabe italien,

> A gran speranza uom misero non crede,

sont-elles longues ou brèves? Peu importe de le savoir : elles seraient toutes longues, elles seraient toutes brèves, ce vers n'en serait pas moins un vers : pourquoi? parce que l'accent tombe sur les syllabes qui doivent l'avoir d'après les règles de la versification italienne. Lorsqu'il est question de faire des vers grecs ou latins, il est indispensable de connaître la quantité de chaque syllabe des mots qu'on emploie, attendu que ces vers ont la quantité pour base : cela est-il nécessaire, lorsqu'il est question de faire des vers italiens? non assurément : il suffit de connaître l'accent des mots qu'on emploie, parce que, je le répète, c'est l'accent et non pas la quantité qui sert de base à la versification italienne. Nous ne nous étendrons pas davantage sur un principe qui se trouve consigné dans toutes les poétiques italiennes, et auquel tout Italien ou tout Français qui saurait l'italien, peuvent rendre témoignage.

Il est inutile d'observer que ce que nous avons dit de l'hendécasyllabe, doit s'appliquer à tous les mètres italiens ; mais il est important de remarquer que le principe, qui sert de base à la versification Italienne, sert également de base à la versification de toutes les langues étrangères. On sait que, vers la moitié du seizième siècle, les Italiens donnèrent leurs mètres aux Espagnols (1), qui à leur tour les don-

(1) *Voyez* l'épître dédicatoire de Boscan à la duchesse

nerent aux Portugais (1) : le vers héroïque anglais est un hendécasyllabe italien catalectique (tronco) (2); l'hendécasyllabe complet se rencontre assez souvent dans la tragédie (3), et quelquefois dans l'épopée anglaises; les Allemands font usage de ces deux espèces d'hendécasyllabes dans leurs compositions dramatiques : les vers de 4, de 6, de 8, de 10 sylla-

---

de Soma : *Libro segundo de las obras de Boscan.* Anvers, Nucio, 1556; in-12.

Même mètre.

(1) *Vers héroïque italien :*

Sdegno guerrier de la ragion feroce.
(LE TASSE, *Gerusal. liberata* XVI, 34.)

Vers héroïque espagnol :

La voz en tono grave levantando.
(ERCILLA, *La Araucana* XVI, 41.)

Vers héroïque portugais :

Esta he a ditosa patria minha amada.
(CAMOENS, *Os Lusiadas* III, 21.)

Même mètre.

(2) Ond' io dagl' incarcati mi parti. (1ème. syllabe, 6ème., 10ème.)
(LE DANTE.)

At once with joy and fear his heart rebounds. (1e, 6, 10)
(MILTON.)

(3) That one may smile and smile, and be a villain.
(SHAKESP. *Hamlet*, act. 1, sc. 3.)

bes (1), sont soumis aux mêmes règles pour la position de l'accent, et ont en conséquence le même rhythme chez toutes les nations dont je viens de parler. Mais à quoi bon tous ces rapprochemens? Les vers de toutes ces langues, identiques ou non identiques, se ressemblent tous par le point essentiel, et le seul qui doive nous occuper; tous ont pour unique base le nombre des syllabes, et la position de l'accent; de manière qu'en prenant, dans telle langue qu'on voudra, un vers de telle forme qu'on voudra, on pourra sur-le-champ trouver ou faire dans une autre langue quelconque un vers exactement semblable. Le mètre de ce vers,

$'^{2}$ $'^{6}$ $'^{8}$ $'^{10}$ $'^{12}$
All registers of books, all forms and pressures past.

(SHAKESP. *Hamlet*, act. 1, sc. 3.)

Vers de 8 syllabes.

$'^{1}$ $'^{3}$ $'^{5}$ $'^{7}$
(1) *Allemand.* — Immer rinnet diese quelle.
(RAMLER.)

$'^{1}$ $'^{3}$ $'^{5}$ $'^{7}$
Anglais. — Gloomy Pluto, King of terrors.
(POPE.)

$'^{1}$ $'^{3}$ $'^{5}$ $'^{7}$
Italien. — Forti noi, voi belle siete.
(METASTASE.)

$'^{1}$ $'^{3}$ $'^{5}$ $'^{7}$
Espagnol. — Vuestro esposo está en la cama.
(LOPE DE VEGA.)

mètre dont les Anglais font rarement usage, n'est, je pense, connu ni des Italiens, ni des Espagnols (1); je m'en vais néanmoins faire, dans chacune de ces deux langues, un vers exactement semblable au vers anglais :

1^{2} 1^{6} 1^{10} 1^{12}
Morir; ma al mio signor pura serbar la fe.

1^{2} 1^{6} 1^{8} 1^{10}
Hermana, te perdí! me pesa de vivir.

Voici un vers espagnol *de arte mayor* :

1^{2} 1^{5} 1^{8} 1^{11}
Que fué noble al tiempo del Cid campeador.

Voici un vers anglais de la même nature :

1^{2} 1^{5} 1^{8} 1^{11}
I think not of Iris, nor Iris of me.

Je réunis deux vers italiens, et j'obtiens un vers parcil au vers espagnol :

1^{2} 1^{5} 1^{8} 1^{11}
Se cerca, se dice, l' amico dov' è?

Je borne ici mes exemples : quand, au moyen d'une formule générale, on tient la clef du système, il devient inutile de s'arrêter aux cas particuliers.

Mais, on peut répliquer, il s'ensuit de là que tous les vers dont vous venez de parler sont,

---

(1) Yriarte, si je ne me trompe, a composé dans ce mètre quelques-unes de ses fables.

comme les vers des anciens, fondés sur la quantité; car les syllabes qui ont l'accent sont des syllabes longues, et celles qui n'en ont pas doivent être regardées comme brèves (1). Je ne le pense pas : le moyen, en effet, de regarder comme brève, parce qu'elle n'a pas d'accent, la diphthongue qui forme la première syllabe du mot *piastrella*, diphthongue qui est suivie de trois consonnes? Le moyen de regarder comme longues, parce qu'elles ont l'accent, les pénultièmes des participes *amato*, *portato*, etc., que les Toscans prononcent très-rapidement? Mais, pour ne pas rendre cette discussion trop compliquée, je veux bien ad-

---

(1) Des grammairiens italiens très-distingués, entre autres M. Ginguené (*Histoire littéraire d'Italie*, chapitre. . . .), donnent le nom de syllabes longues aux syllabes accentuées : j'écarte, comme on voit, cette question; mais je ne saurais m'empêcher de dire, en passant, que cette dénomination n'est pas exacte. Nous avons emprunté des anciens et appliqué aux langues modernes les dénominations de syllabes *longues* et *brèves*; nous devons donc, pour éviter toute équivoque, attacher à ces dénominations le sens que les anciens y attachaient : or, il est constant que chez les anciens une syllabe longue et une syllabe accentuée étaient deux choses essentiellement différentes; la syllabe accentuée n'était pas nécessairement longue, et la syllabe longue n'était pas nécessairement accentuée.

mettre cette supposition : le principe que j'ai exposé n'en demeure pas moins incontestable ; car ces syllabes, qu'on veut appeler longues parce qu'elles ont l'accent, ne sont point employées dans la versification en tant que longues, mais uniquement parce qu'elles sont accentuées. Substituons en effet, dans ce vers du Pétrarque,

Che i be' vostr' occhi, donna, mi legaro,

aux mots *mi legáro*, le mot. . . . *legáronmi* : l'*o* de *legáronmi* est long par position ; si on ne croit pas que la position suffise pour allonger la voyelle, qu'on soutienne cet *o* aussi longtemps qu'on voudra (et qu'est-ce qui empêche de le soutenir pendant une seconde ?) mais qu'on laisse l'accent sur l'*a*, l'oreille ne sera point satisfaite, et le vers n'y sera pas. D'un autre côté, qu'on rétablisse dans le vers les mots *mi legáro*, qu'on prononce l'*a* aussi rapidement qu'on voudra, mais qu'on fasse sentir l'accent qui est sur cette lettre, l'oreille sera satisfaite, et le vers y sera. Cette expérience, car c'en est bien une, nous fait voir clairement que ce n'est point d'une syllabe longue, mais d'une syllabe accentuée qu'on a besoin pour la pénultième de l'hendécasyllabe. Qu'on fasse sur toute autre syllabe accentuée d'un vers quelconque, dans telle langue moderne qu'on voudra, l'essai que je viens de faire sur la pénultième de l'hendécasyllabe italien, on obtiendra constamment le même résultat : on pourra se convaincre alors que, dans les versifications étrangères, les syllabes accentuées ne sont employées, dans la formation du vers, que parce qu'elles sont accentuées, et nullement parce qu'elles seraient longues; et que l'accent est ainsi, sans l'intervention de la quantité, le seul régulateur des versifications modernes.

Ces détails, qui ne seront peut-être pas sans utilité pour contribuer à fixer en France les idées sur la nature des versifications étrangères, ces détails, dis-je, ne laisseront aucun doute sur la solidité du raisonnement que nous avons fait plus haut au sujet de la rime, raisonnement qui a dû nécessairement amener cette longue digression.

L'accent, qui rend les vers des langues étrangères si mélodieux et si chantans, est peu sensible dans les vers français (1) : pour remplacer

---

(1) M. Scoppa paraît avouer lui-même, dans son bel ouvrage sur *la Poésie italienne rapportée à la Poésie française* (pag. 29 et 37), que l'accent français est moins sensible que l'accent italien. Au reste, je laisse à mon lecteur la

un ornement qui manque à nos vers, par un ornement d'une autre espèce, nous avons recours à la rime : et c'est-là, dit-on, ce qui nous oblige de rimer.

De toutes les raisons qu'on a alléguées jusqu'ici pour motiver le besoin de la rime dans les vers français, celle que je viens de rapporter est assurément la plus spécieuse : aussi n'a-t-elle point échappé à la sagacité de Voltaire : « La manière même de réciter des vers » en italien et en anglais, dit cet écrivain cé» lèbre (1), fait sentir des syllabes longues et » brèves qui soutiennent encore l'harmonie » sans besoin de rimes ». Il est bon de remarquer que par ces mots, *des syllabes longues et brèves*, Voltaire n'a pu vouloir désigner que les syllabes accentuées et celles qui ne le sont pas; il serait autrement en contradiction manifeste avec le passage que nous avons cité plus

---

liberté de faire la supposition qu'il voudra : pense-t-il que l'accent des vers français est aussi sensible que celui des vers italiens? Alors, cette prétendue raison du besoin de la rime tombe d'elle-même : veut-il supposer, quoique M. Scoppa ait démontré le contraire, que les vers français n'ont pas d'accent du tout? Il verra par la suite de ce mémoire, que, même en admettant cette fausse supposition, on ne rendrait point raison du besoin de la rime.

(1) Préface d'Œdipe.

haut, dans lequel il dit positivement que chez tous les peuples modernes les vers blancs ne sont distingués de la prose ordinaire que par un certain nombre de syllabes ÉGALES et monotones.

Si mon lecteur veut bien me suivre encore dans ces discussions arides, auxquelles mon style n'est certainement pas propre à donner de l'agrément, il pourra peut-être se convaincre que le défaut d'accent ou d'harmonie dans les vers français, ne saurait en aucune manière rendre raison du besoin que ces vers ont de la rime.

On ne peut attribuer au peu d'harmonie (1) des vers français, le besoin qu'ils ont de la rime, qu'en supposant que le vers français est, à raison de ce défaut d'harmonie, moins agréable que les vers des langues plus accentuées et plus chantantes, et qu'il a ainsi besoin d'un ornement de plus pour satisfaire l'oreille. Voyons jusqu'à quel point cette supposition est admissible.

Je prends un vers isolé, ou deux vers qui ne riment point ensemble :

---

(1) Je donne le nom d'harmonie à l'impression que fait sur l'oreille l'accent tonique.

> Nous regardions tous deux cette reine cruelle,
> Et d'une égale horreur nos cœurs étaient frappés.
> (*Athalie.*)

et je dis : non-seulement tout Français, en entendant prononcer ces mots, reconnaîtra sur-le-champ qu'ils forment deux vers, mais son oreille en sera aussi agréablement affectée que l'oreille d'un Italien ou d'un Espagnol peut l'être en entendant deux vers italiens ou espagnols (1). Je ne vois rien dans la structure du vers français qui doive m'empêcher de faire cette supposition : la différence qui existe entre un vers français et une ligne de prose, est aussi marquée que celle qui existe entre un vers italien ou espagnol, et une ligne de prose italienne ou espagnole. L'homme, dont l'oreille serait également habituée au genre de déclamation de ces trois langues, entendrait avec le même plaisir déclamer ces trois vers :

> Pleurez, pleurez, mes yeux, et fondez-vous en eau.
> (Corneille.)
> Occhi, piangete, accompagnate il core.
> (Pétrarque.)
> Salid sin duelo, lagrimas, corriendo.
> (Garcilasso.)

(1) Comme il n'est ici question que d'harmonie, je me borne à comparer le vers français aux vers des deux langues les plus sonores de l'Europe.

Vous supposez ce qui est en question, on va me dire; les vers des langues étrangères, et ceux mêmes que vous venez de citer, sont plus flatteurs pour l'oreille que les vers français, par cela même que l'accent en étant plus sensible, ils sont plus mélodieux et plus chantans.

Je prierai d'abord mon lecteur d'observer que l'accent qui se trouve dans la poésie des nations étrangères étant un élément essentiellement inhérent à la nature de leurs langues, se trouve dans leur prose aussi-bien que dans leurs vers : ainsi, la différence qui existe entre les vers et la prose des nations étrangères, est toujours sensiblement égale à celle qui existe entre les vers français et la prose française. Or, cette différence peut seule nous mettre à même de comparer entre eux les vers des différentes nations; seule elle peut nous donner la mesure du plaisir qu'ils doivent faire éprouver : nous ne saurions avoir d'autre moyen pour soumettre au calcul une matière si déliée. Si le vers français diffère autant de la prose française que les vers allemands, anglais, espagnols, etc., diffèrent de la prose de ces nations, je suis en droit de conclure que tous ces vers sont également beaux, et qu'ils doivent en conséquence procurer, chacun à leurs nations respectives, le même degré de plaisir. Ainsi, quoique la langue latine fût plus mélodieuse que ne l'est la française, un Français doit éprouver, à la lecture de Racine, autant de plaisir qu'un Romain pouvait en éprouver à la lecture de Virgile; car le premier, pour ce qui regarde l'harmonie, s'élève autant au-dessus de Fléchier, que le second a pu s'élever au-dessus de Cicéron (1).

J'observerai en second lieu, et cette remarque me paraît encore plus importante, que l'accent de la langue française étant beaucoup moins prononcé que l'accent des autres langues modernes, un Français qui n'aurait jamais entendu parler un étranger, n'aurait aucune idée de cette espèce d'accent. Or, je le demande, comment son oreille pourrait-elle être

---

(1) Le lecteur voudra bien observer qu'il n'est point question ici d'une beauté absolue, mais d'une beauté relative. Sans doute que les vers italiens et espagnols sont plus harmonieux que les vers français, puisque ces deux langues sont plus harmonieuses que la française; mais les Français, dont l'oreille est habituée au genre de mélodie propre à leur langue, ne désirent point dans leurs vers cette brillante harmonie italienne; pas plus qu'ils ne la désirent dans leur prose; pas plus que les Italiens ne désirent l'harmonie des Grecs; le vers français, tel qu'il est, leur fait donc éprouver autant de plaisir que le vers italien ou espagnol en fait éprouver aux Italiens ou aux Espagnols (c'est ce que j'ai cru

sensible à la privation d'un élément dont il n'aurait pas d'idée? Trouvez-vous qu'il manque quelque chose aux deux vers de Racine que j'ai cités? Croyez-vous qu'ils seraient plus agréables avec l'accent italien ou espagnol? Eh bien! appuyez fortement sur les accens en les prononçant; déclamez-les comme vous déclameriez des vers italiens ou espagnols: vous les rendrez insupportables, ou pour mieux dire ridicules.

Ces raisons me paraissent assez concluantes: je consens néanmoins que mon lecteur ne m'en tienne aucun compte: je veux admettre, quoique je sois loin de le penser, que le vers français est inférieur au vers italien ou espagnol: je veux même supposer qu'un vers français n'est guère plus agréable à l'oreille qu'une

---

pouvoir appeler beauté relative): ce n'est donc pas parce qu'ils ne trouvent point leurs vers assez beaux ou assez harmonieux, que les Français ont besoin de la rime. Je dis plus: tels vers, faits dans une langue moins chantante, peuvent être plus mélodieux que tels autres vers faits dans une langue plus chantante: les vers de Racine sont incomparablement plus mélodieux que ceux d'Alfieri: cependant les vers de ce dernier n'ont pas besoin de rimes, et ceux de Racine ne sauraient s'en passer: ce n'est donc pas dans le plus ou moins d'harmonie qu'il faut chercher la cause du besoin de la rime.

ligne de prose : je me contenterai de demander si le vers français a quelque chose de choquant pour l'oreille ; non, assurément, me répondra-t-on. Ce n'est donc pas le défaut d'harmonie, dirai-je alors, qui rend une série de vers non rimés très-désagréable à l'oreille ; car, pourquoi ce défaut d'harmonie ne produirait-il pas le même effet sur un vers isolé, ou sur deux vers qui ne rimeraient point ensemble? Si un vers isolé, qui, par cela même qu'il est isolé, n'en a que plus besoin d'être soutenu par quelque chose de saillant, est cependant agréable malgré le défaut d'harmonie, comment ce même défaut d'harmonie pourrait-il rendre insupportable une suite de vers non rimés? Les vers changent-ils donc de nature lorsqu'ils se trouvent réunis? J'examine, d'un côté, une suite de vers italiens ou espagnols non rimés, et je vois que ces vers ne sont ni plus ni moins agréables à l'oreille que l'est un vers isolé : j'examine, de l'autre, une suite de vers français non rimés, et je vois que ces vers, loin d'être aussi agréables à l'oreille que l'est un vers isolé, font au contraire sur elle une impression très-désagréable : chaque vers, pris séparément, flatte mon oreille ; je les réunis, j'en forme une tirade ; et cette tirade devient insupportable : que dois-je conclure de ce singulier phénomène? J'en conclus, et la conséquence me paraît bien légitime, que ce n'est point dans la structure intérieure du vers que réside la cause du besoin de la rime, mais dans quelque chose qui n'appartient qu'à une suite de vers, et qui ne se trouve point dans le vers pris séparément et considéré en lui-même (1).

Si j'ai paru combattre avec quelqu'assurance les opinions des autres, je n'en propose pas moins la mienne avec une défiance extrê-

---

(1) Je n'ai pas cru devoir parler, dans le texte de ce Mémoire, d'une raison que quelques écrivains ont donnée du besoin de la rime, tant elle me paraît faible, pour ne pas dire sophistique. Les autres langues, dit-on, ont des inversions, et abondent en tours poétiques très-hardis : la langue française, privée de cette double ressource, est forcée de rimer. La cause du besoin de la rime réside nécessairement dans quelque chose qui affecte l'oreille ; il est même étonnant qu'on soit allé la chercher ailleurs : or, les inversions et les tours poétiques n'agissent point sur elle ; ils n'agissent que sur l'esprit ; il n'y a pour l'oreille ni inversions ni tours poétiques ; elle n'est et ne peut être sensible qu'à l'harmonie : un vers sans inversions, un vers très-prosaïque par l'expression, peut être très-ronflant et bien remplir l'oreille. Le besoin de la rime ne se fait point sentir dans les vers

me (1). Les vers français ne me paraissent avoir besoin de la rime que parce qu'ils n'enjambent pas les uns sur les autres. Les vers français n'admettant pas l'enjambement, il y a à la fin de chaque vers un petit repos pour l'oreille; chaque vers fait ainsi sur elle une impression distincte et séparée ; l'impression que fait le premier vers d'une tirade est parfaitement semblable à celle que produiront tous les vers

---

blancs espagnols; on en trouve cependant un assez grand nombre qui sont aussi dénués d'inversions que les vers français, et infiniment moins poétiques que ceux de Racine. Quant aux tours poétiques en particulier, ceux qui ont reproché à la langue française de n'en avoir pas d'aussi hardis que les autres langues, ont oublié sans doute que c'est le caractère de la prose d'une langue qui doit donner la mesure de la hardiesse des tours de sa poésie; pour mesurer le vol du poëte, il faut avoir égard au point de départ. C'est pour n'avoir pas suivi ce principe, que d'autres critiques, sans faire attention aux formes ordinaires de la langue hébraïque, ont trouvé trop hardis certains tours qu'on rencontre dans les livres poétiques de l'Ancien Testament.

(1) Je la propose aujourd'hui avec confiance : il est dit dans le rapport que M. le comte Daru a fait à la Classe, au nom de la Commission chargée d'examiner les mémoires admis au concours : « Cette raison, que l'auteur ne donne » qu'avec une extrême méfiance, nous paraît la meilleure » qu'on ait apportée en faveur de la rime ».

consécutifs; cette impression, toujours la même et toujours répétée, devient nécessairement très-fatigante pour l'oreille : les vers ne se fondant pas les uns dans les autres, l'oreille ne passant pas légèrement d'un rhythme à l'autre, il en résulte, au lieu de la mélodie variée et continue des vers qui enjambent, un chant monotone et périodiquement entrecoupé. Quelqu'agréable que puisse être à l'oreille le rhythme du vers français, ce retour perpétuel du même chant suivi constamment d'un repos, ne pouvait que fatiguer un sens aussi ennemi de l'uniformité. Que fallait-il faire pour remédier à cet inconvénient? il fallait faire en sorte que l'oreille, loin d'être blessée des pauses régulières qu'elle trouvait à la fin de chaque vers, aimât au contraire à s'y arrêter; il fallait lui offrir un dédommagement qui non-seulement fît disparaître le dégoût que ces repos périodiques devaient lui causer, mais qui les lui fît désirer : et, ce dédommagement, elle le trouve dans la rime (1).

(1) Voltaire paraît avoir entrevu cette cause du besoin de la rime; mais il ne la regardait certainement pas comme la seule véritable; il n'en a dit qu'un mot en passant, sans entrer à ce sujet dans aucun détail. Voici le passage : « Les

Les exemples se présentent en foule pour rendre plus sensible ce que ce raisonnement pourrait paraît e avoir de trop subtil, et l'expérience vient encore ici à l'appui de la théorie. Il est si vrai que l'oreille ne saurait supporter des vers qui n'enjambent pas, à moins qu'ils ne soient rimés, que, dans toutes les langues et dans tous les systèmes de versification, ceux qui ont fait des vers sans rimes les ont fait enjamber (1). Faut-il nommer ici les grands poëtes modernes qui ont écrit en vers blancs? Leurs ouvrages sont entre les mains de tout le monde; et il serait d'autant plus superflu de les citer, qu'ils ne sont pas les seuls qui aient suivi cette loi; les plus misérables versi-

---

» Anglais et les Italiens peuvent se passer de rimes..... ils
» diraient également après les Grecs et les Romains,

» Tous les pâles humains Minos aux enfers juge,

» et *enjamberaient avec grâce sur l'autre vers.* »

(Préface d'Œdipe).

(1) Je ne veux pas dire que les vers non rimés enjambent tous sans exception les uns sur les autres : je considère l'enjambement d'après l'usage qu'en ont fait les meilleurs poëtes qui ont écrit en vers non rimés, tels que Virgile, Milton, Annibal Caro, etc. Je ne dis pas non plus que les vers français n'enjambent jamais : on sent bien qu'il y a, des deux côtés, une certaine latitude.

ficateurs s'y sont conformés comme Shakespeare et Milton ; aucun n'a osé enfreindre une règle que l'oreille prescrivait impérieusement. Les anciens en avaient déjà donné l'exemple aux modernes : les vers latins, de quelqu'espèce qu'ils soient, enjambent les uns sur les autres ; si l'enjambement est moins nécessaire dans l'élégie, c'est que la différence de mètre y jette plus de variété. Les Romains n'avaient fait en cela que suivre l'exemple des Grecs ; et ce ne sont pas seulement les Grecs des siècles plus policés qui ont observé la loi de l'enjambement ; les anciens rhapsodes s'y sont conformés comme les poëtes attiques. L'auteur de la Théogonie, les auteurs des hymnes, Hésiode, l'auteur de l'Odyssée, font de l'enjambement un usage aussi fréquent que les autres poëtes : le vieux Barde de l'Ionie lui-même, étranger à un art inventé long-temps après lui, dans les parties de l'Iliade qui lui appartiennent incontestablement, est fidèle à cette loi : si dans des momens de repos (1) il laisse couler, par une négligence qui plaît, quelques vers sans enjambemens, il se relève bientôt ; plus le sujet qu'il traite demande de la chaleur et du mouvement dans les vers, plus les enjambemens

---

(1) Voyez Iliade A, 436-9.

sont hardis et multipliés (1). Tant il est vrai que les hommes de tous les temps et de tous les pays, ont senti que l'oreille ne pourrait supporter des vers privés à la fois de rimes et d'enjambemens.

Pour que le lecteur puisse se convaincre de cette vérité par sa propre expérience, je vais mettre sous ses yeux des vers blancs qui n'enjambent pas; je vais ôter la rime à quelques vers de Pétrarque, qui, comme la plupart des vers rimés, n'ont pas d'enjambemens, et faire sur ces vers l'essai qu'un grand poëte, qui ne dédaigna pas ce genre de recherches, a fait sur quatre vers célèbres (2):

Non come fiamma che per forza è spenta,
Ma che per se medesma si consume,
Se n' andò in pace l' anima *beata*. (contenta)

. . . .

Pallida no, ma come neve bianca,
Che senza vento in un bel colle fiocchi,
Parea posar come persona *lassa*: (stanca)
Quasi un dolce morir ne' suoi *bei lumi*, (begli occhi)
Sendo lo spirto già da lei diviso,

(1) Voyez Iliade M, 459-66.

(2) Où me cacher? Fuyons dans la nuit infernale, etc.
(Voyez Voltaire, préface d'Œdipe.)

Era quel che morir chiaman gli *stolti*, (sciocchi)
Morte bella parea nel suo bel *volto*. (viso)

(*Trionfo della morte*, 160-2. 166-72.)

Ces vers célestes, ces vers que l'homme sensible ne saurait relire sans émotion, lors même qu'il ne voudrait les examiner qu'en critique, perdent la plus grande partie de leurs charmes en perdant la rime; cet ornement leur est aussi nécessaire qu'il l'est aux vers français: plus une tirade composée, comme celle-ci, de vers blancs qui n'enjamberaient pas, serait longue, plus le besoin de la rime s'y ferait sentir. De ce que les quatre vers de Phèdre, dépouillés de l'agrément de la rime, ne font plus le même plaisir, Voltaire concluait que les vers français ne peuvent se passer de la rime; et la conséquence était juste, car ces quatre vers représentent tous les vers français possibles: de ce que les vers de Pétrarque, que je viens de citer, ont, comme ceux de Racine, besoin de la rime, dois-je conclure que tous les vers italiens en ont également besoin? Non; car ces vers de Pétrarque n'enjambant pas, ne sauraient tirer à conséquence pour les vers italiens qui enjambent: j'en conclurai seulement que tous les vers italiens qui, comme ceux-ci, n'enjamberont pas, auront, comme ceux-ci, besoin de la rime. Qu'on fasse maintenant, sur un passage du Tasse, de Pope, de Garcilasso, de Camoens, en un mot sur tel morceau qu'on voudra de poésie rimée, l'essai que je viens de faire sur des vers de Pétrarque, on obtiendra constamment le même résultat : la cause qui rend très-désagréables les vers blancs italiens qui n'enjambent pas, existant également pour les vers de toute autre langue, produira sur eux le même effet (1) : elle produirait encore le même effet sur des vers grecs ou latins qui n'auraient pas d'enjambemens : on n'a qu'à essayer d'en faire, car personne n'en a jamais fait, et on restera pleinement convaincu de la vérité de cette assertion.

Je compléterai cette preuve par une dernière observation : les petits vers, dans la plupart des langues modernes, n'admettent point l'enjambement; et, dans la plupart des langues modernes, les petits vers ont des rimes : les Grecs modernes, dont la langue diffère très-peu de celle de leurs ancêtres, font des vers sans enjambemens, et ces vers ont des rimes;

---

(1) Aussi partout où l'on fait des vers non rimés, les professeurs recommandent-ils à leurs élèves de les faire enjamber; mais tous les professeurs ne connaissent pas la raison de la maxime qu'ils inculquent.

enfin, les Juifs modernes (car il n'y a rien de métrique dans les livres de l'Ancien Testament) font des vers sans enjambemens; et ces vers ont des rimes. Que ce soit la rime qui ait fait proscrire l'enjambement, ou que le défaut d'enjambement ait fait adopter la rime, n'importe : il n'en est pas moins constant que tous ces vers, tels qu'ils sont, ne peuvent se passer de la rime, et qu'ainsi toutes ces langues sont forcées de rimer dès qu'elles cessent de faire usage de l'enjambement.

Nous pouvons donc conclure que, dans toutes les langues et dans tous les systèmes de versification, les vers qui n'enjambent pas ont, pour plaire à l'oreille, besoin de la rime; et que si dans la poésie des autres langues, sans en excepter les langues anciennes, on proscrivait l'enjambement, toutes se trouveraient alors dans le cas de la langue française, et toutes seraient, comme elle, forcées de rimer.

Qu'il me soit permis, en faisant l'application de ce principe aux vers français, d'adopter pour un moment les formes syllogistiques. Le raisonnement, l'observation et l'expérience nous prouvent d'une manière incontestable que dans toutes les langues et dans tous les systèmes de versification, les vers qui n'enjambent pas etant très-désagréables, à raison de la monotonie qui en résulte, ont, pour plaire à l'oreille, besoin de la rime : les vers français n'enjambent pas : le défaut d'enjambement dans les vers français est donc l'une des causes du besoin qu'ils ont de la rime. Je dis *l'une des causes;* car à la rigueur il ne s'ensuit pas, du raisonnement que je viens de faire, qu'il n'en existe pas d'autres; mais si d'un côté on veut bien faire attention que dans l'explication des phénomènes de toute espèce, on doit regarder comme la seule cause d'un phénomène quelconque, celle qui l'explique parfaitement, et qu'on ne saurait raisonnablement supposer à ce même phénomène d'autres causes, à moins qu'on ne puisse les indiquer positivement : si, de l'autre, on veut bien se rappeler (1) que ce n'est point dans la structure intérieure du vers qu'on peut se flatter de trouver la cause du besoin de la rime; qu'elle réside *dans quelque chose* qui n'appartient qu'à une suite de vers, sans appartenir à chaque vers pris isolément; et qu'il n'y a que l'enjambement ou le défaut d'enjambement, qui appartiennent à une suite de vers, sans appartenir à chaque vers en particulier; on conclura que le défaut d'enjambe-

(1) Page 22.

ment est non-seulement l'une des causes, mais l'unique cause du besoin de la rime dans les vers français.

Si cette théorie est vraie, des vers français non rimés, qui enjamberaient les uns sur les autres, devraient satisfaire pleinement l'oreille; l'expérience cependant nous fait voir le contraire. Il est vrai que de tels vers ne satisferaient point l'oreille; mais le lecteur, attentif à démêler les différentes impressions que des vers de cette nature feraient sur lui, sentirait que l'oreille ne serait que très-peu blessée de l'absence de la rime; que ce qui la choquerait le plus, ce seraient les enjambemens multipliés dont la poésie française ne saurait s'accommoder.

Pour pouvoir mieux observer ces différens effets, il serait bon d'avoir sous les yeux un certain nombre de vers non rimés enjambant les uns sur les autres, et ayant plus d'une césure : car si ces vers n'avaient que la césure du milieu, le second hémistiche de chaque vers formerait alors, avec le premier hémistiche du vers suivant, un vers entier pour l'oreille; les repos redeviendraient périodiques; l'effet de l'enjambement serait détruit, et la monotonie reparaîtrait.

Dans l'impossibilité où je suis de faire moi-même des vers tels que je les propose, j'ai pris le parti de faire quelques changemens à des vers de Delille : quelque mauvais que ces vers deviennent entre mes mains, ils ne nuiront point à ma cause dans l'esprit des lecteurs judicieux, qui n'en considèreront que la forme extérieure.

Tes vœux sont accueillis par la divinité,
Lui dit-il; Dieu pouvait, par une mort soudaine,
Te punir; mais le ciel, toujours plein de clémence,
Te pardonne. Va donc, va par mille vertus
Racheter un seul crime; à ce prix je t'arrache
A l'abîme infernal. Mais dans ce beau jardin, etc.

. . . .

C'en est donc fait! il faut les quitter sans retour
Ces beaux champs, ces beaux lieux! ô terre fortunée,
Il faut donc te quitter pour toujours! Malheureuse,
Dans quels tristes climats, dans quels affreux déserts
Vont s'égarer mes pas? De cette heureuse terre
Où retrouver les fruits? Adieu, riant Eden,
Plaisirs trop courts, adieu. A ces accens plaintifs
Le ministre de Dieu répond d'un ton sévère.

(Voy. *Paradis perdu*, trad. de Delille, liv. xi.)

Mais, on peut répliquer, dans ces vers mêmes le besoin de la rime se fait encore un peu sentir : on ne saurait au moins disconvenir que cet ornement ne les rendît plus agréables.

J'ignore si c'est en effet l'absence de la rime

qui, dans ces vers, fait de la peine à l'oreille; ou si elle n'est pas plutôt uniquement choquée des enjambemens trop multipliés. Quoi qu'il en soit, j'observerai d'abord que l'absence de la rime est infiniment plus supportable dans ces vers qu'elle ne l'est dans ceux qui n'ont pas d'enjambemens. J'observe, en second lieu, que si dans ces vers l'oreille désire encore la rime, c'est par une raison toute différente de celle qui la lui fait désirer dans ceux qui n'enjambent pas. Ce que je vais dire n'est point en opposition avec la théorie que j'ai exposée plus haut; je prie seulement le lecteur de me donner toute son attention. L'un des effets de l'enjambement est de faire disparaître les pauses qui se trouveraient naturellement à la fin de chaque vers : l'oreille passant ainsi rapidement d'un vers à l'autre, et le vers français étant d'ailleurs peu chantant, elle doit avoir quelquefois un peu de peine à en sentir le rhythme; elle doit se trouver parfois un peu déroutée. En mettant la rime à ces vers, vous donnez à l'oreille un moyen de se reconnaître; la rime, en marquant la fin de chaque vers, en les séparant en quelque sorte les uns des autres, en rendra le rhythme plus sensible, et ces vers, en conséquence, deviendront plus agréables.

Si dans les vers qui enjambent, l'oreille désire encore la rime, ce ne peut être que par cette raison; et cette raison, se rattachant parfaitement à la théorie que nous avons établie, nous fait voir que, sous tous les points de vue, c'est toujours l'impuissance où l'on est de faire enjamber les vers, qui rend la rime nécessaire à la poésie française. Si les vers n'ont pas d'enjambemens, la rime est nécessaire pour détruire la monotonie : les faites-vous enjamber; la rime est encore nécessaire pour détruire, autant que possible, le mauvais effet que produisent les enjambemens. Or, ne pouvoir enjamber sans de graves inconvéniens auxquels on ne peut remédier qu'imparfaitement, c'est être réellement dans l'impuissance d'enjamber. C'est donc l'impuissance de faire enjamber les vers qui est, dans tous les cas possibles, la cause du besoin de la rime dans les vers français.

Il serait sans doute piquant de pousser plus loin ces recherches métaphysiques, et de tâcher de découvrir toutes les raisons qui rendent, dans les vers français, l'enjambement si désagréable. Le vers français, comme nous le disions tout à l'heure, n'étant pas fort chantant, l'oreille n'aurait-elle pas un peu de peine à en sentir le rhythme, si elle ne trouvait, à la fin de chaque vers, un léger repos? Étant très-essentiel que l'oreille sente l'égalité des deux parties dans lesquelles le vers alexandrin est partagé, puisque c'est à l'égalité de ses deux parties qu'elle le reconnaît, si le second hémistiche d'un vers enjambait sur le premier hémistiche du vers suivant, l'oreille n'aurait-elle pas trop de peine à sentir l'égalité des deux hémistiches? L'oreille des Français ne s'étant point accoutumée à sentir le rhythme à travers l'enjambement, ce défaut d'habitude n'ajouterait-il pas quelque degré de force aux motifs réels qui ont fait proscrire l'enjambement? Mais j'arrête trop long-temps l'attention de mes juges sur un sujet que je ne suis point autorisé à discuter devant eux.

Quelles sont les difficultés réelles qui s'oposent à l'introduction du rhythme des Grecs et des Latins dans la poésie française ?

Quoiqu'il y eût dans la langue grecque, ainsi que la théorie de l'accent de cette langue nous le fait connaître, trois différentes espèces de syllabes longues; savoir, des syllabes longues par leur nature et par position (πρᾶξις), des syllabes longues par leur nature seulement (δρᾶσις), et des syllabes longues seulement par position (τάξις), on n'avait pas égard à cette différence dans la versification, et, sans détruire la mesure, ces différentes syllabes pouvaientse remplacer mutuellement. D'un nombre déterminé de syllabes longues, de quelque espèce qu'elles fussent, ou d'un nombre déterminé de syllabes brèves, ou enfin d'un mélange réglé de longues et de brèves, se composaient, chez les anciens, toutes les espèces de pieds et de vers, sans qu'aucun autre élément concourût à leur formation. C'est ce qui nous est attesté par toute l'antiquité.

Il est d'abord aisé de voir qu'un intervalle immense sépare la versification des anciens de celle des modernes : celle-ci, comme nous l'avons déjà vu, est uniquement fondée sur l'accent, et l'autre est uniquement fondée sur la quantité. Il suffit au versificateur moderne de connaître les syllabes sur lesquelles la voix s'élève, ou, en d'autres termes, l'accent de chaque mot : il suffisait à l'ancien versificateur de connaître la durée respective de chaque syllabe des mots qu'il voulait employer. Un poëte habile, il est vrai, peut, dans le système de nos versifications modernes, tirer un grand parti de la quantité pour donner à ses vers de la lenteur ou de la rapidité, de la majesté ou de la légèreté, pour produire, en un mot, de beaux effets d'harmonie imitative ; mais l'emploi de cet élément, abandonné au goût particulier du poëte, est tout-à-fait indépendant des lois de la versification proprement dites : si le poëte fait un mauvais usage de la quantité, ses vers seront mauvais, mais ils n'en seront pas moins des vers : dans nos langues modernes le vers existe, dès que le nombre nécessaire de syllabes s'y trouve, et que les accens sont à leur place. De même, chez les anciens, la manière de placer les accens dans les vers, pouvait offrir aux poëtes de grandes ressources pour p oduire tous les effets dont nous venons de parler (1), mais la position des accens n'était déterminée par aucune loi ; elle dépendait entièrement du goût du poëte : le vers était fait, dès que les lois relatives à la quantité avaient été observées. Aussi ne s'est-on jamais avisé d'examiner la position des accens, pour s'assurer si un vers d'Homère n'avait point été altéré, ou pour restituer les mètres de Pindare.

Une autre observation qu'il est encore naturel de faire, c'est que les anciens devaient être infiniment plus que nous sensibles à la quantité : non-seulement les trois sortes de syllabes longues qu'ils avaient, déposent en

---

(1) Στήθεσσιν λασίοισι διάνδιχα μερμήριξεν.
(Iliad. A, 189).

La position des accens, au moyen de laquelle ce vers se trouve composé de quatre mots *sdruccioli*, peint très-bien l'irrésolution d'Achille, et l'agitation de son âme.

Δεινὸν δὲ βρόντησε πατὴρ ἀνδρῶν τε θεῶν τε.
(Iliad. Υ, 56).

L'accent de βρόντησε fait un effet admirable ; on croit entendre le tonnerre ; mais le poëte pouvait, en employant d'autres mots ou en combinant d'une manière différente ceux qu'il a employés, distribuer les accens tout autrement, et les lois de la versification lui laissaient à cet égard une liberté entière.

faveur de la finesse de leur oreille à cet égard; mais ce qui nous en fournit une preuve bien plus convaincante, c'est le système même de leur versification, fondé uniquement sur la quantité. Quoique les langues du midi de l'Europe, et plus encore celles du nord, offrent une assez grande quantité de syllabes très-longues, et que les Français aient de plus dans leur *e* muet une syllabe aussi brève et plus brève peut-être qu'aucune syllabe ancienne, aucun peuple de l'Europe n'a cependant pris la quantité pour base de sa versification, parce qu'aucun peuple moderne n'a été autant que les anciens, sensible à cet élément de la parole. On a déjà remarqué que, dans la musique, les anciens étaient plus sensibles à la mélodie, et que les modernes le sont davantage à l'harmonie (1); que, dans les arts du dessin, les premiers étaient plus statuaires que peintres, tandis que les derniers sont plus peintres que statuaires (2) : nous pouvons ajouter que, dans la langue parlée, les anciens étaient plus sensibles à la quantité qu'à l'accent, et que nous sommes plus sensibles à l'accent qu'à la quantité.

---

(1) J.-J. Rousseau.

(2) Hemsterhuys; M. A. W. Schlegel.

Il est bon de se pénétrer de ces principes pour se tenir en garde contre le penchant naturel, qui nous porte sans cesse à expliquer tout ce qui se faisait autrefois, par ce qui se fait aujourd'hui, et à rapprocher les anciens de nous, au lieu de chercher à nous identifier avec eux.

L'idée que bien des personnes se font de la mélodie des vers anciens, nous offre un exemple remarquable des faux rapprochemens que nous sommes sujets à faire dans l'étude de l'antiquité. Il nous reste un assez grand nombre d'ouvrages sur les règles de la versification, composés par d'anciens grammairiens, et surtout un assez grand nombre de monumens poétiques où ces mêmes règles sont observées, pour que nous ayons une connaissance à peu près complète de tout ce qui a rapport à la partie technique ou matérielle de la versification des anciens. Mais lorsque, non contens de connaître les procédés qu'employaient les anciens dans la formation de leurs vers, nous voulûmes de plus connaître l'effet qui en résultait pour l'oreille, nous ne pûmes nous faire une idée de cet effet que par l'impression que les vers grecs et latins font sur notre oreille; nous crûmes sentir dans ces vers à peu près ce que les anciens y sentaient; nous crûmes avoir une idée à peu près complète de leur harmonie, et pouvoir même l'introduire dans nos langues modernes (1) : cette erreur a été la source de beaucoup d'autres.

L'harmonie *totale* des vers grecs et latins est le résultat de deux harmonies *partielles*, ou, pour m'expliquer plus clairement, il faut distinguer dans les vers anciens deux espèces d'harmonies. La première est le résultat des longues et des brèves : c'est-là l'harmonie constitutive du vers ; sans elle il n'y a point de vers, et là où elle se trouve le vers se trouve aussi ; elle est toujours la même dans les vers de la même espèce ; c'est, en un mot, à cette harmonie que les anciens reconnaissaient leurs vers. La seconde est le résultat des accens qui se trouvent dans le vers : cette harmonie se trouve dans tous les vers, puisque tous les vers sont composés de mots accentués, mais elle n'a rien de commun avec les lois de la versification ; loin d'être toujours la même dans les vers de la même espèce, elle peut être variée à l'infini (2) ;

---

(1) En faisant dans ces langues des vers hexamètres, pentamètres, iambiques, etc.

(2) Οὐ γὰρ τοσαύτας οὐδ' ἀπειλὰς, οὐδὲ πῦρ
Ἥξουσ' ἔχοντες, ὥςτ' ἀνοῖξαι τὰς πύλας.

ARISTOPH. Lysistr. 249-50.

Il est aisé de voir combien l'harmonie qui résulte de l'accent elle peut se trouver dans la prose comme dans la poésie (1) : enfin, ce n'est point à cette harmonie que les anciens reconnaissaient leurs vers.

De ces deux différentes harmonies nous ne sentons et ne pouvons sentir que celle qui est produite par l'accent : celle qui résulte de la quantité, et qui constitue essentiellement le vers, est nulle pour nous ; et la véritable mélodie des vers grecs et latins nous est ainsi totalement inconnue (2).

Voici comment, dans toute l'Europe, on

---

est différente dans ces deux vers. On trouvera difficilement, dans un poëte grec quelconque, deux vers de suite qui se ressemblent par la position des accens.

(1) Au lieu de dire :

> Οἱ δὲ πανημέριοι μολπῇ θεὸν ἱλάσκοντο.
>
> (Iliad. A, 472.)

Je dis :

> Ὁ δὲ πανημέριος μολπῇ θεοὺς ἱλάσκετο.

Le vers n'y est plus, et l'harmonie qui résulte de l'accent subsiste toujours.

(2) *Il vero suono de' versi latini e greci è per noi certamente perduto affatto. Della poesia*, *lib.* 1, par M. l'abbé Valperga de Caluso. Je cite ici l'un des hommes de l'Europe qui font le mieux les vers grecs et latins.

prononcerait, par rapport à l'accent, ces vers latins :

Devenére lócos laétos, et amoéna viréta
Fortunatórum némorum, sedésque beátas.

Drymóque, Xantóque, Ligéaque, Phyllidocéque.

Je déplace les accens, et je lis :

Devénere locós lætós, et ámœna vireta
Fortúnatorúm nemórum, sédesque beatás.

Drymoque, Xántoque, Ligéaque, Phyllidóceque.

Ces vers perdent toute leur harmonie, et l'oreille ne les reconnaît plus. L'harmonie que l'oreille sentait, était donc uniquement produite par l'accent ; puisque le déplacement des accens a suffi pour la faire disparaître : l'effet de la quantité est donc nul pour l'oreille, puisque la quantité restant la même, l'oreille ne trouve plus le vers.

Cependant, dans une infinité de vers grecs, l'accent se trouve placé de la même manière dont je l'ai placé dans les vers latins que j'ai cités :

Drymoque Xántoque Ligéaque Phyllodóceque.
(Géorg. IV, 336.)

Ὄλβῳ τε πλούτῳ τε μετέπρεπε Μυρμιδόνεσσιν.
(Iliad. II, 596.)

Or, ces vers grecs avaient certainement de

l'harmonie; et le vers latin que je viens de rapporter étant, avec les accens comme je les ai placés, parfaitement semblable au vers grec, aurait eu, pour l'oreille des Grecs, l'harmonie d'un vers; mais il n'en a plus pour nous: donc nous n'y sentons plus ce que les anciens y sentaient, c'est-à-dire la mélodie qui résulte de la quantité.

C'est parce que nous ne sentons plus cette mélodie, que dans quelques universités de l'Europe on déplace les accens en lisant les vers grecs, et on les lit comme les vers latins (1): les professeurs qui ont adopté cette méthode ridicule, ont tort sans doute; mais leur erreur même ne sert qu'à mieux prouver que l'oreille ne sent, dans les vers anciens, que l'harmonie qui résulte de la position des accens: notre oreille s'étant d'abord habituée à la position des accens telle qu'elle a lieu dans les vers latins, et cette position n'étant plus la même dans la plupart des vers grecs, nous n'y sentons

---

(1) Au lieu de lire:

Οἷοισιν νεφέεσσι περιστρέφει οὐρανὸν εὐρὺν.

on lit:

Οἱοίσιν νεφεέσσι περίστρεφει οὔρανον εὔρυν.

parce qu'on lirait de cette manière un vers latin; mais ce n'est pas ainsi que les Grecs lisaient les leurs.

plus aucune harmonie; et nous sommes dès lors naturellement portés à les lire comme nous lisons les vers latins. Par la même raison, celui qui aurait connu d'abord les vers grecs, sentirait bien dans les vers latins l'harmonie qui résulte de l'accent, parce que la combinaison d'accens qui a lieu dans les vers latins, a lieu quelquefois dans les vers grecs; mais il trouverait les vers latins très-monotones, parce que la position des accens y est infiniment moins variée que dans les vers grecs.

Je vais maintenant, sans toucher aux accens, changer la quantité :

> Devenere lætos locos, et amœna vireta
> Fortunatorum nemorum, sedesque felices.

Ce changement dans la quantité blesse-t-il l'oreille? en aucune manière. Nous venons de voir que dans les vers anciens l'oreille ne sent que les accens : la position des accens est toujours la même : donc ces vers font toujours la même impression sur l'oreille, et le changement de quantité, nul pour elle, ne saurait lui déplaire ni la flatter.

Je sens bien (et qui est-ce qui ne le sentirait pas?) que ceux qui savent la quantité, sont choqués de trouver des syllabes longues là où il devrait y avoir des brèves, ou des brèves où il faudrait des longues; mais c'est précisément ce qui prouve que l'oreille est indifférente à ce changement, puisqu'il faut avoir étudié la quantité, et connaître à fond les lois de la versification pour en être choqué : ces fautes de quantité me choquent, parce que je sais que les anciens en auraient été choqués; parce qu'elles sont en opposition avec leur système de versification; mais la connaissance que j'ai de ce système de versification, je ne l'ai point acquise par le canal des oreilles; je ne l'ai acquise que par l'étude; tout ce qui sera contraire aux règles de cette versification, ne pourra donc choquer que mon esprit, et jamais mon oreille. Si j'entends dire,

Noble et brillant auteur d'une *malheureuse* famille,

ai-je besoin de me rappeler le nombre des syllabes dont le vers alexandrin doit être composé, pour sentir que le vers n'y est pas? Mon oreille est choquée avant que l'esprit ait eu le temps de compter combien, dans ce vers, il y a de syllabes de trop : ce vers ne me déplaît pas, parce que je sais qu'il a quinze syllabes; car je n'ai pas eu le temps de les compter; mais il ne doit pas les avoir, parce qu'un vers de quinze syllabes est choquant pour l'oreille, avant que l'esprit ait eu le temps, et sans qu'il prenne la peine de compter.

Au contraire, lorsque j'entends dire :

Postquam res Asiæ, Philebique evertere gentem.

si je connais la quantité du mot *Philebi*, je verrai que le vers n'y est pas ; mais, quant à mon oreille, elle est tout aussi satisfaite que lorsqu'elle entend :

Postquam res Asiæ, Priamique evertere gentem (1).

En effet il est reconnu qu'aucune des langues modernes n'offre un système de versification fondé sur la quantité, et que nous ne sommes pas assez sensibles à cette modification de voix, pour avoir pu la faire servir de base à un système de versification. Or, si un assemblage de longues et de brèves ne nous fait sentir, dans nos langues modernes, aucune espèce de mélodie, comment nous la ferait-il sentir dans les langues anciennes ? Ne prononçons-nous pas les langues anciennes très-exactement, comme

(1) On trouve à ce sujet des développemens pleins d'intérêt dans l'ouvrage de M. de Caluso, que j'ai déjà cité, et auquel je renvoie le lecteur : ce que je ne fais qu'ébaucher y est exposé avec cette clarté et cette précision qui caractérisent les productions de cet homme célèbre.

nous prononçons nos propres langues? L'étude de la langue latine a-t-elle donc changé notre son de voix? En apprenant le latin, avons-nous appris de nouvelles intonations, de nouvelles inflexions de voix, une nouvelle manière d'accentuer? Soit que nous prononcions les langues anciennes, soit que nous prononçions les langues modernes, ce sont toujours les mêmes voyelles, les mêmes consonnes, les mêmes accens : il n'y a pas dans les langues anciennes, comme nous les prononçons aujourd'hui, un seul élément qui ne soit emprunté des langues modernes. Comment pourrions-nous donc sentir dans la poésie des anciens un genre de mélodie que nous ne sentons pas dans les langues modernes, et dont elles ne peuvent nous donner aucune idée?

Si nous étions réellement sensibles à cette mélodie qui résulte de la quantité, et que l'oreille pût nous servir de guide dans nos recherches à ce sujet, serions-nous si incertains sur quelques points relatifs à la versification des anciens? Les avis seraient-ils si partagés sur les véritables mètres de Pindare, sur ceux de quelques chœurs de tragédie et de comédie, sur ceux même d'Anacréon (1)! Tous ceux qui

(1) *V.* Hermann Hanbuch der Metrik, §. 338.

savent passablement le grec et le latin, sentent une mélodie dans les vers de ces deux langues; mais une preuve qu'ils ne sentent que la mélodie qui résulte des accens, c'est qu'il n'y a pas en Europe un grand nombre de personnes qui connaissent à fond les mètres des Grecs et des Romains; et quand on les connaît; l'oreille n'en devient pas plus sensible à la quantité.

Ce vers :

Γήρᾳ ξυνᾴδει τῷδε τἀνδρὶ ξύμμετρος.

Soph. Œdip. R. 1113.

sonne infiniment mieux à l'oreille que le vers dont il est suivi :

Ἄλλως τε τοὺς ἄγοντας ὥσπερ οἰκέτας,

Le premier n'est cependant pas très-régulier, et M. Hermann a cru devoir le restituer; tandis que le second est sans défauts. L'oreille est infiniment moins choquée, si tant est qu'elle le soit, de trouver un spondée au cinquième lieu, dans le premier vers, qu'elle ne l'est de la position des accens dans le second; et si l'homme familiarisé avec les mètres des tragiques grecs, donne avec raison la préférence au second vers, l'oreille n'a aucune part à ce jugement, comme elle n'en a aucune à la plupart des règles et des principes relatifs à la versification des Grecs et des Romains (1).

(1) De ce que nous ne sentons dans les vers anciens que

Envisageons la chose sous un autre point de vue. Si un assemblage de longues et de brèves, d'après l'idée que nous attachons à ces dénominations, pouvait faire sentir à notre oreille une

---

la mélodie qui résulte des accens (et tous ceux qui ont un peu réfléchi sur ces matières sont d'accord sur ce point), je conclus que nous ne sentons plus la véritable mélodie des vers anciens, qui dépendait uniquement de la quantité. M. Scoppa, au contraire, prétend que les vers anciens n'avaient et ne pouvaient avoir d'autre mélodie que celle que nous y trouvons, et qu'elle était en conséquence, comme la mélodie des vers modernes, produite par les accens. Cette opinion que M. Scoppa appuie sur toutes les raisons que son étonnante sagacité lui fournit, paraît si naturelle, et elle répandrait un si grand jour sur la versification des anciens, que, malgré le témoignage formel des grammairiens grecs et romains, elle devrait l'emporter sur l'opinion contraire, si la distribution des accens dans les vers grecs, qui est évidemment la plus irrégulière possible, ne formait une difficulté extrêmement difficile à résoudre : le père Sacchi a passé entièrement sous silence cette terrible objection; et jusqu'à présent personne n'y a répondu d'une manière satisfaisante. Au reste, il est essentiel de remarquer que la solution de cette question n'est point nécessaire pour répondre à celle qui a été proposée; car l'auteur du programme, en demandant si on pourrait introduire dans la poésie française le rhythme des anciens, n'a certainement voulu parler que du rhythme que nous sentons; comment en effet demanderait-on si on peut introduire dans la poésie française un rhythme que nous me sentons pas?

mélodie capable de servir de base à un système de versification, nous devrions pouvoir, avec des longues et des brèves prises dans nos langues modernes, produire cette mélodie, et avoir des vers pareils à ceux des Grecs et des Latins. Voyons si les essais qu'on a faits en ce genre ont réussi :

Anne ma sœur, quels troubles nouveaux ont assailli mes sens!
Quel coup du sort jeta dans nos murs cet étranger? que ses traits
Me semblent beaux; que j'approuve sa grâce, que j'aime sa fierté!

(Traduction du IVe. liv. de *l'Énéide*, par Turgot (1).

Faire de pareils vers, c'est donner une énigme à deviner; jamais l'oreille n'y reconnaîtra l'hexamètre : si vous croyez que les lois de la quantité française ne sont pas exactement observées dans ces trois vers, vous n'avez qu'à allonger, en les prononçant, les syllabes qui devraient être longues d'après les règles de la versification latine, et à passer rapidement sur celles qui devraient être brèves ; vous n'en sentirez

---

(1) Cette traduction parut pour la première fois en 1778, à Paris, sous le titre de *Didon, poëme* : elle a été réimprimée dans le premier volume du *Conservateur*, ou *Recueil de morceaux inédits de morale*, etc., *tirés du portefeuille de M. François de Neufchâteau*. — Paris, Crapelet, an VIII, in-8°.

pas davantage le vers hexamètre, et la raison en est bien simple : l'auteur de ces vers et ceux qui en ont fait de semblables, s'étaient persuadés que c'est la quantité qui flatte l'oreille dans les vers latins : partant de ce faux principe, ils se sont uniquement attachés à combiner des longues et des brèves, sans se mettre en peine des accens ; il n'est résulté de cette combinaison aucune espèce de mélodie pour l'oreille ; et ces prétendus versificateurs, plus plaisans que M. Jourdain, ont cru faire des vers, et n'ont fait que de la prose.

Il est si vrai qu'ils auraient dû, sans trop songer à la quantité, ne s'occuper que de la position des accens, que c'est-là la marche qu'ont suivie tous ceux qui, daus les langues modernes, ont voulu faire des vers semblables à ceux des anciens. Ceci me conduit naturellement à examiner ces vers, et à prévenir l'objection qu'on pourrait en tirer contre la doctrine que je défends.

Car on pourrait dire : Il faut bien avouer que nous sentons la mélodie des vers anciens, puisque nous avons le moyen de la reproduire dans nos langues modernes. Les Italiens ont fait et font encore, à l'imitation des anciens, des vers hexamètres, pentamètres, ïambiques, saphiques (1), etc.; les Espagnols, les Anglais mêmes se sont exercés dans ce genre de versification : enfin les Allemands ont naturalisé en quelque sorte dans leur langue tous les mètres anciens; ils ont de magnifiques poëmes en vers hexamètres; et les meilleurs ouvrages poétiques de l'antiquité conservent, dans les traduc-

(1) Ce fut, à ce qui paraît, Léon Batista Alberti, qui le premier imagina de faire, en italien, des vers à la manière des Latins. Les Académiciens *della virtù* publièrent, en 1539, les règles de ce nouveau genre de versification. Claudio Tolomei, l'un des plus ardens défenseurs des nouveaux mètres, et plusieurs autres écrivains de son siècle et des siècles suivans, composèrent, dans les mètres latins, des pièces de vers qu'on lit avec beaucoup de plaisir : et il n'y a pas long-temps qu'un membre distingué de l'académie des belles-lettres de Turin, M. Grassi, a publié dans cette ville une traduction de *l'Énéide* en vers hexamètres.

Les Espagnols, à l'exemple des Italiens, firent usage des mètres latins dans leur poésie, mais avec plus de réserve, quoique leur langue, comme M. Bouterwek l'a judicieusement observé, se prête mieux que l'italienne à ce genre de versification, à raison de ses désinences plus pleines et plus soutenues. On ne saurait parler de l'usage que les Espagnols ont fait des mètres anciens, sans se rappeler l'ode charmante *Dulce vecino de la verde selva*, écrite en vers saphiques par Étienne Villegas, si justement surnommé l'Anacréon espagnol.

tions allemandes, les mêmes mètres dans lesquels ils ont été originairement écrits (1).

S'il est resté quelques doutes dans l'esprit du lecteur, sur la vérité de la doctrine que j'ai exposée, j'ose croire que la réponse qu'on peut donner à une objection insoluble en apparence, est très-propre à les dissiper entièrement.

Les vers hexamètres, pentamètres, ïambiques, etc., des modernes sont-ils réellement ce que ces mêmes vers étaient chez les anciens? Non. Les vers des anciens, comme nous l'avons dit mille fois, sont fondés sur la quantité; et les vers que les modernes font à l'imitation de ceux des anciens, sont, comme les vers ordinaires, fondés sur l'accent : les modernes

---

(1) Le Messie, Herman et Dorothée, le poëme charmant de M. Baggesen, si connu dans le midi de l'Europe par la belle traduction qu'en a donnée l'un des hommes les plus instruits de la France, sont écrits en vers hexamètres. Les traductions vraiment classiques d'Homère, de Virgile et d'Horace, par M. Voss, et celle que l'un des plus grands critiques de ce siècle, M. Fr.-Aug. Wolf, a donnée d'une comédie d'Aristophane, sont écrites dans les mêmes mètres que leurs originaux.

Quant aux Anglais, on connaît le mot de Pope sur les vers de Sidney : *And Sidney's verse halts ill on roman feet.*

(Imitations of Horace, Book 2, Epist. 1.)

n'ont point changé leur système de versification pour faire ces vers, ils n'ont fait que combiner d'une manière différente l'accent qui sert de base à tous les autres vers modernes, sans en excepter les vers français. Un vers hexamètre moderne, un hendécasyllabe italien, un vers *de arte mayor* espagnol, un alexandrin français ne diffèrent entre eux que par le nombre des syllabes et la position des accens : ce sont autant de cas particuliers d'un système de versification commun à toutes les langues modernes : ainsi les vers que les modernes font à l'imitation des anciens, n'appartiennent point au système de versification de ces derniers, ce ne sont pas des vers de la nature de ceux des anciens, ils n'en ont que l'apparence.

Examinons d'abord les pieds. Voici, selon le langage des nouveaux métriques, des dactyles dans quatre différentes langues :

Dactyles italiens : — Cárico, rídere, débole.
Dactyles anglais : — Prúdently, próperty, prúdery.
Dactyl. espagnols : — Términos, límites, últimas.
Dactyl. allemands : — Sélige, mórgenden, wáchenden.

Je demanderai maintenant aux auteurs de cette nomenclature : Pourquoi donnez-vous à tous ces mots le nom de dactyles, et comment définissez-vous ce pied? Ces mots-là, disent-ils, forment autant de dactyles, parce qu'ils ont l'accent sur l'antépénultienne; et le dactyle est un pied composé de trois syllabes, dont la première est accentuée. Eh bien, la définition que vous venez de donner du dactyle ne convient point aux dactyles des Grecs et des Romains, et les dactyles de ces peuples ne ressemblaient en rien aux vôtres. Cs qui constitue un dactyle ancien, c'est une longue suivie de deux brèves, n'importe sur quelle syllabe l'accent puisse tomber. Ces dactyles πλεκτέος, ϛωμύλος, παυϛέος, ont, comme une infinité d'autres, l'accent sur la syllabe du milieu; ceux-ci αἰγετός, οὐρανόν, αἰνετόν l'ont sur la dernière : or, des mots italiens, espagnols, allemands accentués comme ces mots grecs, ne formeraient point des dactyles. D'un autre côté ces mots κήρυκες, πέδιλα, *véniam*, *dóminum*, sont accentués comme les mots modernes que j'ai cités, et ils ne forment cependant pas des dactyles

En substituant toujours l'accent à la quantité, on donne le nom d'anapestes aux mots de trois syllabes qui ont l'accent sur la dernière : mirerà, carità : *claridád*, *lloraré*, etc., et dans l'anapeste ancien la place de l'accent est indifférente : ces anapestes ont l'accent sur la première : *dómino* λέγεται, πλόκαμοι : ceux-ci φερέτω, νεφέλη l'ont sur la seconde; tandis qu'une infinité de mots qui, comme les anapestes modernes, ont l'accent sur la dernière, ἀγαθός, αἰνετός, etc., ne sont point des anapestes.

On appelle iambes les mots de deux syllabes qui ont l'accent sur la dernière, *farò, dirò; mirátl*: et l'iambe ancien (◡ –) peut avoir indistinctement l'accent sur la premièrère ou sur la seconde: κόρη, φόνου; *vírum*, *cánunt*: θεούς, ὁμή. Le trochée des modernes est un mot de deux syllabes qui a l'accent sur la première; et le trochée ancien (– ◡) peut l'avoir sur la dernière aussi-bien que sur la première: παντός, ἀνδρί. On peut faire les mêmes observations sur tous les autres pieds.

Mais l'accent, dit-on, a la propriété d'allonger la syllabe, les syllabes accentuées des modernes peuvent en conséquence fort bien représenter les syllabes longues des anciens.

Je rappellerai d'abord, en réponse à cette difficulté, l'observation que j'ai faite plus haut (pag. 12, note.) au sujet de l'accent; et j'ajouterai ici que l'accent ne produisait point cet effet-là dans les langues anciennes, si ce n'est dans quelques cas extrêmement rares (1). En second lieu, de ce que nous substituons des

---

(1) Hermann Handbuch der Metrik, §. 98.

syllabes accentuées aux syllabes longues des anciens, il s'ensuit que nos pieds doivent faire sur notre oreille une impression toute différente de celle que les pieds grecs et latins faisaient sur l'oreille des anciens ; car dans le mot *néttare*, par exemple, notre oreille est bien plus sensible à l'élévation de voix qui a lieu sur la première syllabe de ce mot, qu'elle ne l'est à la quantité de cette même syllabe, au au lieu que dans les mots *fèmina*, βήσομεν, l'oreille des anciens était plus sensible à la quantité de la première syllabe qu'à l'accent : la preuve en est que ces mots pouvaient être remplacés dans la versification par les mots ἱστέον, οὐρανός, quoique dans ces derniers mots l'accent ne se trouve plus sur la syllabe longue. Enfin, puisqu'on ne peut représenter les syllabes longues des anciens que par des syllabes accentuées, comment s'y prendra-t-on pour nous donner un spondée (‒ ‒) ou un molosse (‒ ‒ ‒) isolés? il n'y a pas de mots de deux ou de trois syllabes qui aient l'accent sur chaque syllabe : on ne pourra pas non plus nous donner un pyrrhichius (◡ ◡) ou un tribraque (◡ ◡ ◡) isolés ; car aucune langue n'offre des mots de deux ou de trois syllabes dépourvus d'accent.

D'après la manière dont les métriques modernes croient pouvoir représenter les pieds des anciens, on croirait que, dans les vers qu'ils font, toutes les syllabes qui devraient être longues selon les règles de la versification latine, seraient accentuées, et que celles qui devraient être brèves, ne le seraient pas; mais il en est bien autrement : souvent une syllabe a l'accent, quoiqu'elle représente une syllabe brève; et très-souvent une syllabe, qui représente une syllabe longue, n'a pas d'accent.

Hexamètre espagnol :

Paramos de Arcadia, que mirais de mi dulce Licori.

(Villegas.)

Vous voyez que dans le mot *Arcádia* l'accent tombe sur une syllabe qu'on regarde comme brève en scandant le vers; et que la dernière syllabe du même mot, qui n'est point accentuée, représente une syllabe longue.

Dans cet hexamètre italien,

Oggi, o sante Muse, con amica ed onesta favella.

(Tolomei.)

la première syllabe de *Muse* est regardée comme brève; elle a cependant l'accent.

Il en est de même de ce distique italien :

Forse a quella gioja che in ciel contenta ti rendo,
Questo lungo mio piangere disdicesi.

Dans l'hexamètre, la première syllabe de *giója*,

qui a l'accent, est regardée comme brève; et dans le pentamètre, la seconde syllabe de *questo*, qui n'a pas d'accent, est regardée comme longue : dans ce même vers la première syllabe de *mio* qui est accentuée, est comptée pour une brève. On peut faire la même observation sur presque tous les vers hexamètres, pentamètres, ïambiques, saphiques, etc., qui ont été composés soit en italien, soit en espagnol. Ainsi, d'un côté, on vous dit que l'accent a la propriété d'allonger la syllabe, et que les syllabes accentuées peuvent, en conséquence, représenter les syllabes longues des anciens; et de l'autre, on place des syllabes accentuées là où il faudrait des brèves, et, en scandant le vers, on compte ces syllabes accentuées pour des syllabes brèves.

Voici ce qui a donné lieu à cette inconséquence. Dans les vers latins, l'accent tombe souvent sur une syllabe brève; et souvent la syllabe longue n'est pas accentuée : *Arma virumque cáno*; vous voyez que dans le mot *cáno* l'accent se trouve sur une syllabe brève. *Itáliam fato profugus*, etc., le premier *a* d'*Itáliam*, qui est accentué, est bref; et le dernier *a* du même mot, qui est long, n'a pas d'accent. Comme, en faisant des hexamètres (1) dans

(1) On n'a qu'à appliquer à toutes les autres espèces de vers anciens, ce que nous disons ici de l'hexamètre.

les langues modernes, on a dû chercher à produire sur notre oreille l'impression que font sur elle les vers anciens, et que dans ces vers nous ne sommes sensibles qu'à la position des accens, il était naturel qu'on s'attachât à placer, dans les hexamètres modernes, les accens de la même manière dont ils sont placés dans les hexamètres anciens : mais, dans les vers anciens, l'accent peut fort bien se trouver sur une syllabe longue, et une syllabe longue peut fort bien ne pas avoir d'accent, puisque la quantité et l'accent n'ont rien de commun; au lieu que dans les vers modernes, puisqu'on veut représenter la quantité par l'accent, aucune syllabe brève ne devrait être accentuée, et toute syllabe longue devrait l'être. L'impuissance où l'on est de suivre cette règle, et la contradiction manifeste dans laquelle on tombe en s'en écartant, me semble prouver que l'accent des modernes ne saurait en aucune manière remplacer, dans la versification, la quantité des anciens; et comme, d'ailleurs, nous n'avons aucun autre moyen de la représenter, l'impossibilité de faire des vers de la nature de ceux des anciens me paraît démontrée.

Au reste, quelque opinion qu'on ait sur la nature du rhythme des anciens, et sur la possibilité de l'introduire dans les langues modernes, cette opinion ne saurait avoir aucune influence sur la réponse à donner à la question relative à l'introduction de ce rhythme dans la poésie française. En effet, l'auteur du programme pense que les autres langues modernes sont parvenues à introduire dans leur poésie le rhythme des Grecs et des Latins : nous pouvons, en conséquence, considérer ce rhythme dans la poésie des autres langues modernes, au lieu de le considérer dans la poésie des anciens : la question se réduit alors à savoir, si la langue française peut faire dans sa poésie tout ce que font dans la leur les autres langues modernes.

Ou l'auteur du programme veut parler de la versification ordinaire des langues modernes; et cette versification est fondée sur l'accent, comme la versification française elle-même : les langues modernes ne font rien dans la versification propre à chacune d'elles, que la langue française ne puisse faire et ne fasse réellement : je n'ai besoin d'entrer, à ce sujet, dans aucun détail; l'intéressant ouvrage de M. Scoppa (1) offre, sur cette matière,

(1) Traité de la poésie italienne rapportée à la poésie française.

tout ce qu'on peut désirer. J'ajouterai seulement que les rapprochemens heureux et pleins de justesse que cet habile homme a faits, en comparant les vers italiens aux vers français, auraient également lieu dans la comparaison qu'on ferait des vers français avec les vers de toutes les autres langues modernes ; il n'y a, dans chacune d'elles, aucune espèce de vers qu'on ne puisse imiter en français, à l'exception de ceux qui se terminent par un mot *sdrucciolo*. (*Voy.* 1re. partie de ce Mémoire, page 10 et suiv.)

Ou bien il veut parler des vers hexamètres, pentamètres, saphiques, etc., qu'on fait dans les autres langues modernes ; mais nous venons de voir (2e. partie, pag. 56 et suiv.) que ces vers sont, comme les vers ordinaires, fondés sur l'accent : en conséquence les Français, sans changer leur système de versification, sans rien introduire de nouveau dans leur poésie, sans rencontrer le moindre obstacle, et rien qu'en combinant les accens d'une manière différente, peuvent avoir des vers hexamètres, pentamètres, saphiques, etc.

Pourquoi ce vers,

Leníbant cúras et córda oblíta labórum,

a-t-il le son d'un hexamètre? parce qu'il est

composé d'un nombre convenable de syllabes, et que les accens sont placés comme vous les voyez. Je vais substituer aux mots latins des mots italiens, en laissant le même nombre de syllabes, les accens à leur place, et les césures nécessaires :

Lenìbant cúras et córda oblita labórum.
La pióggia céssa; tu puói tornárten'a cása.

Ce vers italien a, comme le vers latin, le son d'un hexamètre : je mets des mots français :

Lenìbant cúras et córda oblita labórum.
Le ciél s'apáise : j'enténds groudér le tonnérre;

ou ce vers français a le son d'un hexamètre, ou les deux autres ne l'ont pas.

Celui-ci a deux dactyles :

Oui, dans son temple je viens adorer de nos pères
Le, etc.

Celui-ci en a cinq :

Ah! trop malheureux père! disait-il d'une voix gémissante.

Voici un pentamètre :

Fait ma plus gránde peine, fait ma plus gránde glóire.
Núlla futúra túa'st; núlla futúra túa'st.

Voici un vers saphique :

Triste et pensive prés de ce bocáge.
Tintinant aúres; gémina tegúntur.

Ces vers et tous ceux qu'on pourrait faire sur les mètres anciens, ont pour base, ainsi que les vers ordinaires, le nombre des syllabes, l'accent et la césure.

Le nombre des syllabes doit être égal à celui que les vers de la même nature ont dans les langues anciennes : les vers métriques modernes cependant, étant soumis aux mêmes règles générales que les vers ordinaires, pourront, comme ceux-ci, être *piani*, ou *tronchi* ; et s'ils sont *tronchi*, ils auront une syllabe de moins que les vers anciens de la même nature. (*Voy.* Scoppa, Poésie ital. rapp. à la poés. fr., §. 5 et suiv.) En conséquence les hexamètres modernes pourront avoir, comme les hexamètres anciens, de 13 à 17 syllabes, s'ils sont *piani* ; mais, s'ils sont *tronchi*, ils pourront en avoir de 13—1 à 17—1. Cette règle est applicable à toutes les autres espèces de vers. L'auteur des hexamètres français que j'ai cités (p. 52), n'ayant point observé cette loi, parce qu'il a envisagé l'hexamètre sous le rapport de la quantité, a donné aux trois vers que j'ai cités, et en général à tous ceux de ses vers qui ne se terminent point par un *e* muet, un pied de trop, si tant est que ces vers-là aient des pieds. Le lecteur peut observer, en passant, que cette loi n'a pas lieu pour les vers anciens, parce qu'ils ne sont point, comme ceux que nous faisons, fondés sur l'accent, mais sur la quantité; il y a en effet dans les poëtes grecs une infinité de vers qui se terminent par un mot accentué sur la dernière syllabe, et ces vers n'en ont pas pour cela un pied de trop.

Les césures qui sont de rigueur dans les vers anciens, le sont aussi dans les vers français.

Il y a dans chaque vers un ou plusieurs accens qui sont de rigueur : on ne pourrait les déplacer sans rompre la mesure. Dans le vers saphique :

Triste et pensive près de ce bocage,

je ne pourrais pas dire :

Triste et désolée.......

parce que l'accent qui est de rigueur sur la quatrième passerait sur la cinquième. Par la même raison, je ne pourrais pas, dans le pentamètre, au lieu de :

Fait ma plus grande peine........

dire :

Fait ma plus grande douleur.

Il résulte de ces détails que, malgré le peu de fixité de la prosodie française, on peut faire dans cette langue des vers hexamètres, pentamètres, saphiques, etc., comme les autres langues modernes en font. En effet, si par le mot *prosodie* on a voulu désigner les accens, les accens de la langue française sont aussi fixés que ceux des autres langues modernes, et des langues grecque et latine; on sait que tous les mots français ont l'accent sur la dernière, à l'exception des mots terminés par un *e* muet, qui l'ont sur la pénultième.

Si par le mot *prosodie* on a voulu désigner la durée respective des syllabes, on peut faire à ce sujet une observation bien simple : la prosodie des langues italienne et espagnole est, au moins, aussi peu fixée que celle de la langue française (1); mais en italien et en espagnol on fait des vers hexamètres, pentamètres, etc.; donc on pourra en faire de même en français, malgré le peu de fixité de la prosodie.

---

(1) En italien et en espagnol, une syllabe n'est regardée comme longue, que lorsqu'elle est accentuée, ou qu'elle est suivie de plusieurs consonnes, ou qu'elle est formée d'une diphthongue. Or, l'accent, la position et les diphthongues se trouvent dans la langue française comme dans les autres langues: plus, il y a beaucoup de syllabes qui ne se trouvent dans aucun de ces trois cas, et dont la quantité est bien déterminée, comme, par exemple, la première syllabe du mot *pâlir*: de manière que la quantité française est plus fixée que ne l'est la quantité des langues italienne et espagnole.

Je ne suis entré dans ces détails que pour faire sentir la possibilité de faire en français des vers hexamètres, pentamètres, etc., comme les modernes en font. Des règles particulières et détaillées sur chaque espèce de vers seraient l'objet d'un long ouvrage : et loin que je me croie capable de composer une poétique nouvelle, j'ai plutôt lieu de craindre que le faible essai que j'ose offrir, ne m'attire le reproche d'avoir trop présumé de mes forces.

SUPPLEMENT.

Quoiqu'il résulte des principes que nous avons établis dans le cours de ce Mémoire, que le défaut de fixité de la prosodie française ne s'oppose point à ce qu'on fasse dans cette langue des vers hexamètres, pentamètres, saphiques, etc., comme les autres peuples modernes en font, ces principes pouvant n'être pas tous présens à l'esprit du lecteur, nous croyons devoir les lui remettre sous les yeux, avec quelques développemens, afin qu'il puisse voir d'un coup d'œil si la conséquence que nous en avons tirée est juste.

1°. L'harmonie que nous sentons dans les vers anciens étant produite par les accens, les modernes qui ont voulu faire des vers semblables à ceux des anciens, se sont bornés à combiner les accens de la même manière dont ils le sont dans les vers des anciens.

Donc les vers que les modernes ont faits à l'imitation de ceux des anciens, sont, comme les vers ordinaires des langues modernes et comme les vers français eux-mêmes, fondés uniquement sur l'accent.

Or, pour faire des vers uniquement fondés sur l'accent, il n'est pas nécessaire que la prosodie de la langue soit fixée. Donc on peut faire, en français, des vers à la manière des anciens, comme les autres nations en font, sans que la prosodie de la langue française soit fixée.

2°. On fait des vers alexandrins français sans que la prosodie de la langue soit fixée : or un hexamètre, un pentamètre, etc., ne diffèrent de l'alexandrin que par le nombre des syllabes et la position des accens ; et pour augmenter ou diminuer le nombre des syllabes, et changer la position des accens, il n'est pas nécessaire que la prosodie de la langue soit fixée. Donc, etc.

3°. Le vers saphique des anciens est, pour notre oreille, un véritable hendécasyllabe italien :

Tintinant aures ; gemina teguntur.
(Catulle.)

Lucida, spessa, solida e pulita.
(Dante.)

Or, il est démontré qu'on peut faire et qu'on fait en français de véritables hendécasyllabes italiens. (Scoppa, Poés. ital. rapp. à la poés. fr., pag. 45.)

Donc on peut faire et on fait en français de véritabes vers saphiques. Mais si l'on fait des vers saphiques, on peut faire des vers hexamètres, pentamètres, etc., puisque tous ces vers sont composés des mêmes élémens, et qu'il ne s'agit que de les combiner différemment. Donc. etc.

4°. Je suppose que les syllabes de la langue française aient toutes la même durée, et que la prosodie, qui n'est autre chose que la durée respective des syllabes, soit égale à zéro; et je demande si, dans cette supposition, on pourrait faire en français des hexamètres, pentamètres. etc.

Je réponds : pour faire un hexamètre, un pentamètre, etc, il faut,

1°. Assembler un nombre déterminé de syllabes;

2°. Placer l'accent sur certaines syllabes;

3°. Donner un nombre déterminé de césures à ces syllabes.

Or, on peut faire ces trois choses dans une langue dont les syllabes auraient toutes la même durée. Donc le défaut de fixité de la prosodie française ne saurait former le moindre obstacle à ce qu'on fasse dans cette langue des hexamètres, etc., etc.

Quand les conditions ci-dessus sont remplies

et que le vers est fait, vous pouvez vous apercevoir que dans ces vers, comme dans les vers ordinaires, une syllabe longue ou une syllabe brève, placées à tel ou tel endroit du vers, peuvent, sans rompre la mesure, nuire à l'effet du vers. Dans ce cas, ou la syllabe que vous voulez employer est du nombre de celles dont la quantité est bien fixée, et alors vous ne pouvez pas être incertain si vous devez l'employer ou non; ou elle est du nombre de celles dont la quantité n'est pas bien fixée, et alors, par cela même qu'elle est douteuse, vous pouvez l'employer sans inconvénient.

Donc le défaut de fixité de la prosodie française ne s'oppose même pas à ce qu'on donne aux hexamètres, pentamètres, etc., toute la perfection dont ils sont susceptibles.

Note relative à la première partie de ce Mémoire, page 3.

« L'examen approfondi que je ferai de la prosodie des » anciens, me fournira à ce sujet une démonstration » rigoureuse ».

Ou vous croyez que nous ne sentons plus la véritable mélodie des vers anciens, ou vous croyez que nous la sentons encore.

Si nous ne la sentons plus, on ne saurait attribuer à l'absence de cette mélodie le besoin de la rime dans les vers français, ou bien il faudrait dire que les vers grecs et latins ont eux-mêmes besoin de la rime, puisque nous ne sentirions pas plus cette mélodie dans les vers grecs et latins que dans les vers français.

Si vous dites que nous la sentons encore, voici le raisonnement que je fais :

La mélodie que nous sentons dans les vers anciens, est produite par les accens :

La mélodie que nous sentons dans les vers français, est également produite par les accens.

Donc, loin de pouvoir attribuer à l'absence de la mélodie des Grecs et des Latins le besoin de la rime dans les vers français, vous devez convenir que la véritable mélodie des vers grecs et latins se trouve dans les vers français.

FIN.

Imprimerie de Fain, rue de Racine, place de l'Odéon.

www.ingramcontent.com/pod-product-compliance
Ingram Content Group UK Ltd.
Pitfield, Milton Keynes, MK11 3LW, UK
UKHW021219230726
13926UKWH00003B/1127

9 782014 453799